D1543723

Primera edición,   1991
Segunda edición,   1995
    Decimotercera reimpresión, 2012

Hinojosa, Francisco
    Aníbal y Melquiades / Francisco Hinojosa ; ilus. de Rafael Barajas "El
Fisgón". — 2ª ed. — México : FCE, 1995
    47 p. : ilus. ; 19 × 15 cm — (Colec. A la Orilla del Viento)
    ISBN 978-968-16-4764-3

    1. Literatura infantil I. Barajas, Rafael, il. II. Ser. III. t.

LC PZ7   Dewey 808.068 H799a

Distribución mundial

D. R. © 1991, Fondo de Cultura Económica
Carretera Picacho-Ajusco 227, 14783, México, D. F.
www.fondodeculturaeconomica.com
Empresa certificada ISO 9001:2008

Editor: Daniel Goldin
Diseño: Arroyo + Cerda
Diseño de portada: Joaquín Sierra
Dirección artística: Rebeca Cerda

Comentarios y sugerencias: librosparaninos@fondodeculturaeconomica.com
Tel.: (55)5449-1871. Fax: (55)5449-1873

ISBN 978-968-16-4764-3

Impreso en México • *Printed in Mexico*

A la orilla del viento...

FRANCISCO HINOJOSA

ilustraciones:
Rafael Barajas
'el fisgón'

Aníbal y

MELQUIADES

Para Emilio y Marcela

FONDO DE CULTURA ECONÓMICA
MÉXICO

Dos familias singulares

❖ Melquiades era el niño más fuerte y más temido de la escuela. Podía cargar el escritorio de la maestra con todo y maestra arriba, era capaz de pelear solo contra dos de tercero, mataba los alacranes con la mano y podía comerse una lata completa de chiles. Una vez dejó la marca de su poderoso puño en una puerta y un día rompió con la frente el pizarrón. Hasta el maestro de deportes le tenía miedo, pues de vez en cuando Melquiades le ponía un azotador en la bolsa de su saco.

En cambio, Aníbal era el niño más débil y flacucho de la escuela. Chupaba los dulces porque no tenía fuerza para morderlos, le costaba trabajo partir un cartoncillo en dos, daba las gracias cuando alguien le robaba su comida del recreo y lloraba cuando sus compañeros le decían de broma "Aníbal caníbal". Muchas veces, su mamá tenía que cargarle la mochila porque él se cansaba antes de llegar a la escuela. Una noche se cayó de la cama y, como ya no tuvo fuerzas para levantarse, prefirió dormir en el suelo. Doménico, el más chaparro del

primer curso, le contaba cuentos de terror que lo llenaban de miedo. Casi siempre terminaba haciéndose pipí en los pantalones.

Por consejos del doctor, Aníbal debía tomar dos tabletas de vitaminas cada mañana, pero como a él no le gustaba el sabor, se las escondía en la bolsa y le decía a su mamá que ya se las había tomado.

El papá de Melquiades es el campeón mundial de los pesos completos en lucha libre. Su nombre profesional es "Triturador" y su máscara está tejida con hilos de oro puro. En el antebrazo tiene marcado el tatuaje de un oso polar en el momento en que devora a un hombre. Puede partir de un solo golpe el tronco de un árbol, doblar con las manos un tubo de acero y romper una pared con las rodillas. Dicen que un día peleó contra un toro y que varias veces lo han entrevistado en la televisión.

Cuando la mamá de Melquiades necesita cambiar de lugar el refrigerador, el papá lo carga sin ningún esfuerzo con sus potentes brazos y lo pone donde ella se lo pide. Y cuando a su hijo le dan ganas de jugar a la pelota en la calle y un coche le estorba, él lo arrastra con una sola mano y lo pone lejos del sitio donde su querido hijo quiere jugar.

La mamá de Melquiades es una señora que se come las nueces con todo y cáscara, que mata a patadas a los cerditos que cocina y que parte los cocos de un solo puñetazo. Cuando va al mercado paga lo que considera justo por la mercancía. Y si algún vendedor o la policía se atreven a reclamarle algo, ella da un tremendo grito y todos la obedecen. Un día le jaló la oreja a un niño que la había pisado sin querer en la calle y se quedó con la oreja en la mano.

La hermanita menor de Melquiades, de cinco años cumplidos, rompe siempre las piñatas al primer golpe y se queda con casi todos los dulces que caen como confeti de la olla. Si algún niño se atreve a reclamarle, ella le da una tremenda cachetada que deja al pobre ofensor sin ganas de comer dulces en mucho tiempo. En su último cumpleaños sus papás le regalaron unas pesas.

❖❖❖❖

En cambio, el papá de Aníbal mide un metro y

cincuenta centímetros, apenas un poco más alto que su hijo. Es un estupendo jinete y trabaja en el hipódromo. Ha ganado tres veces el Gran Premio en las carreras, es dueño de cinco caballos y ha viajado por todo el mundo. Su mejor amigo es Merlín-lín, el mago más famoso de la ciudad.

A la mamá de Aníbal le encanta llorar. Cada vez que ve en la televisión un programa llora, aunque se trate de un programa de chistes o de concursos. Cuando Aníbal saca malas calificaciones o se le cae un plato de las manos, ella llora, llora y llora. Aunque a veces también grita, especialmente cuando un ratón se pasea por la cocina.

A la hermanita de Aníbal, de seis años cumplidos, hay que amarrarla al columpio porque a la pobre le da miedo que su hermano la empuje. Por lo general, se sube al columpio y se queda allí horas y horas, bien amarrada, sin moverse, hasta que el aleteo de una mariposa la asusta y la tumba al piso.

La escuela a la que asisten Melquiades y Aníbal se llama "Dos más dos menos dos igual a dos". El señor Barri, director de la escuela, es un viejo panzón que siempre anda para arriba y para abajo con su regla en la mano. Si ve a un niño con las uñas sucias, el pantalón roto o los zapatos sin bolear, reglazo. Si alguien no canta el himno bien parado y con buena voz, reglazo. Si sorprende a otro comiendo golosinas, reglazo. Para vengarse de él, uno de los alumnos de la escuela le deja papelitos en la oficina que dicen "Barri Barrigón". Por más gritos que pone y por más amenazas que lanza, el director

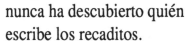 nunca ha descubierto quién escribe los recaditos.

La maestra de Melquiades y Aníbal es una señora flaca flaca y alta alta. Todos la llaman "Palillo". Tiene un carácter de los mil demonios y

una puntería excelente. Cada vez que descubre que alguien copia en un examen, arroja con fuerza una pelota de goma que duele en el alma. A veces le atina a la cabeza, o al pecho, o a la nalga, o a los dedos de la mano. Y casi siempre el que recibe el pelotazo termina llorando y prometiendo que nunca más en su vida vuelve a copiar.

El maestro de deportes dice que fue portero de la selección nacional, pero está ya tan viejito que se cansa tan sólo de aplaudir cuando alguno de sus alumnos mete un gol en los partidos contra la escuela contraria, que se llama "Tres más tres menos tres igual a tres". Es calvo como pelota de pin pon y tiene un lunar negro en la punta de la nariz. Además, le faltan dos dientes y huele a pescado podrido. ❖

El concurso

❖ EL ÚLTIMO viernes de cada mes, el director de "Dos más dos menos dos igual a dos" organiza un torneo en el que tienen que concursar todos los alumnos de la escuela. Al principio del mes anuncia en qué va a consistir el torneo y explica las reglas. También dice cuál será el premio al ganador.

En febrero hubo un concurso de trompo. Ganó López porque hizo bailar el trompo sobre una moneda casi diez segundos. Fue la hazaña más aplaudida por alumnos y maestros. El segundo lugar hizo bailar el suyo sobre la uña de un dedo del pie. En esa ocasión, Melquiades no pudo concursar porque estaba enfermo de la panza.

Pero en marzo sí concursó y ganó: rompió el récord de glotonería. Él solito se comió siete pizzas y se tomó siete refrescos. Al final, cuando el director le puso su medalla de campeón, se atrevió a decirle que aún tenía hambre.

En abril ganó Doménico: hizo la bomba de chicle más grande de toda la escuela. Cuando Melquiades se la aplastó, una delgada telita rosa lo cubrió hasta la mitad del ombligo.

❖❖❖❖

Cuando el director anunció el concurso de mayo fue para Aníbal un día feliz: habría un torneo de circo.

Al llegar a su casa tomó el teléfono y marcó el número de Merlín-lín. Estaba seguro de que él lo ayudaría.

—Voy a enseñarte el mayor de mis secretos —le dijo el mago cuando Aníbal terminó de platicarle sobre el concurso—. No habrá nadie en el mundo que pueda ganarte.

—¿Cuándo? —preguntó Aníbal ansioso.

—El sábado en la noche.

❖❖❖❖

El resto de la semana, Aníbal se dedicó a soñar que era un famoso mago que aparecía en televisión. Estaba tan contento y lleno de fuerzas que él solo cargaba su mochila para ir a la escuela, se levantaba temprano de la cama y se tomaba en el desayuno las vitaminas que desde hacía tiempo le había recetado el doctor y que había escondido dentro de un zapato viejo.

Durante esa semana, Melquiades lo molestó poco, ya que había decidido encargarle a López que le cuidara sus cuadernos mientras jugaba futbol. Además, prefería comerse la torta de Doménico porque su mamá le untaba queso amarillo. ❖

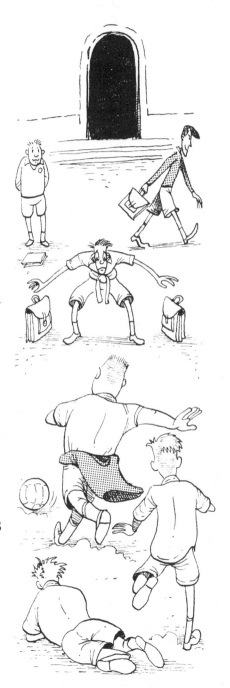

El aprendiz de mago

❖ EL SÁBADO por la noche llegó Merlín-lín vestido con su traje de mago. Antes de enseñarle a Aníbal el secreto que le había prometido le dio algunas explicaciones:

—Mucha gente cree que todos los magos somos iguales. Pero eso no es cierto. Es la peor mentira que se ha dicho sobre la Tierra. Hay magos que hacen trucos y magos que hacen magia.

Merlín-lín cerró la puerta y empezó a hablar en voz baja con su discípulo.

—Los magos que hacen trucos pueden ser buenos o malos. He conocido a unos tan buenos que ni siquiera yo me doy cuenta de cómo hacen sus trucos. Vi una vez a un mago que sacaba de su sombrero un conejo con pico de canario, patas de pollo y cola de lagartija. Era un animal horroroso. Ese día, cuando llegué a mi casa, me puse a pensar toda la noche cómo le había hecho y no logré adivinarlo. Al día siguiente fui a verlo para preguntarle su secreto, y como entre los magos no hay secretos, estaba seguro de que me lo diría.

—¿Y sí era mago mago? —preguntó Aníbal.

—No, qué va. Después de insistirle mucho me confesó su

truco, el truco más tonto del mundo: el espantoso animal que sacó de su sombrero era un maldito robot que tenía escondido debajo de la mesa.

—¿Has conocido a algún mago mago como tú?

—Claro. Magos magos como yo hay treinta y dos en todo el mundo y nos conocemos muy bien. Cada año nos juntamos en el Polo Sur para platicarnos nuestras experiencias y para aprender cosas nuevas.

En ese momento tocó a la puerta la mamá de Aníbal: la cena ya estaba lista.

Al terminar de cenar, Merlín-lín le pidió a los papás de Aníbal que no los molestaran porque estaban platicando de cosas muy serias.

—Como te decía —continuó el maestro—, los magos magos nos distinguimos de los que hacen trucos porque nuestras magias son verdaderas. Si yo saco un conejo del sombrero es porque hice magia, no porque lo tenía escondido. Es más: he sacado tantos conejos del sombrero que ya no sé qué hacer con ellos. Tengo en mi casa no menos de veinte.

—Pero, ¿de dónde salen los conejos?

—De ningún lado, de todos lados. Yo no sé...

—¿Y me podrías enseñar a hacerlo?

—No, no, sacar un conejo lo podría hacer cualquiera y nadie se daría cuenta de que tú lo hiciste con magia y los otros con trucos. Debes aprender algo mejor, algo que nadie más en el mundo pueda hacer. Pero debo advertirte una cosa: si lo que quieres es aprender magia ya no podrás renunciar a ella por el resto de tu vida.

—Sí quiero —dijo entusiasmado Aníbal—, quiero ser mago.

—Pero eso te llevaría mucho tiempo.

—Falta casi un mes para el torneo.

—Es muy poco tiempo.

—Te prometo aprender rápido, por favor Merlín-lín...

—Bueno, bueno. Si prometí enseñarte es porque voy a hacerlo.

—Y si soy mago, ¿podré acompañarte alguna vez a tus reuniones en el Polo Sur?

—No sólo podrás, deberás ir. Ningún mago mago puede dejar de asistir a las reuniones, aunque esté enfermo.

—Lo primero que debes aprender —empezó Merlín-lín— son las palabras mágicas. Sin ellas no podrías hacer ni la magia más sencilla.

—¿Cuáles son?

—Ahí está el primer problema: las palabras mágicas que debe conocer un mago no puedo enseñártelas ni yo ni nadie. Sólo tú podrás saber cuáles son. Cada mago tiene sus propias palabras mágicas.

—¿En dónde tengo que buscarlas?

—En eso sí puedo ayudarte —sacó Merlín-lín de su maleta un gran caracol marino—. Desde hace veinte años tengo guardado este caracol esperando dárselo a la persona indicada. Ha llegado por fin ese día.

Aníbal recibió el regalo que le hacía el mago.

—Deberás pasar día y noche, noche y día, sin descanso, con la oreja pegada a este caracol. Sólo así podrás escuchar una vez, sólo una vez, las palabras mágicas. Si no estás atento y no las memorizas de inmediato, las palabras se perderán para siempre y ya no tendrás otra oportunidad.

—Confía en mí, Merlín-lín. Hoy mismo las aprenderé.

—No estoy del todo seguro, Aníbal. Hay magos que han tardado hasta quince años en escuchar las palabras. Hay otros, como yo, que han tardado una semana. Y sé de un caso en el que sólo pasó un minuto, ¿te imaginas?, un solo minuto.

—¡Quince años! —exclamó Aníbal consternado.

—No voy a decirte mentiras: sí pueden pasar quince años o más. Pero ésa es la única manera de ser mago. Cuando hayas escuchado tus palabras mágicas llámame y vendré a enseñarte todo lo que falta. ❖

Los preparativos

❖ ANÍBAL se quedó triste, muy triste. Si pasaban quince años para escuchar las palabras mágicas no podría participar en el concurso de la escuela.

Pegó la oreja al caracol: sólo escuchaba un zumbido suave, como el de las olas al romper en la playa. No se despegó de él hasta que cayó dormido.

Mientras tanto, Melquiades preparaba su acto de circo. Su mamá le había comprado un traje de domador, con capa y sombrero, y un látigo. Y su papá había conseguido que le enviaran del zoológico una jaula con un cachorro de tigre.

A Doménico, en cambio, sus papás le dijeron que no tenían dinero para comprarle el traje de payaso que quería. Por eso se fue con el señor que atendía la tienda, conocido en el barrio como un buen sastre, y le pidió que le hiciera el traje con algo de ropa vieja que le llevó. Cuando estuvo terminado, Doménico se dedicó todas las tardes a hacer cuanta payasada se le ocurría a los niños del barrio.

Por su parte, López se fue a la biblioteca, sacó un tomo negro que se llamaba *El arte de la brujería* y, a escondidas de sus papás, se puso a hacer cuanta cochinada decía el libro. Estaba seguro de que en el concurso iba a dejar a todos muy impresionados.

❖❖❖❖

Dos semanas después, Aníbal estaba desesperado. Además de que no había escuchado ninguna palabra en el caracol, tenía ya la oreja roja de tanto tiempo que pasaba con él al oído.

Una noche en que estaba tentado a llamarle a Merlín-lín para decirle que el caracol seguramente había salido defectuoso, escuchó una voz que salía del fondo y que decía algo así como "ombligo moreno".

Al principio, Aníbal se emocionó pensando que al fin había llegado la hora de conocer sus palabras mágicas, pero luego se desilusionó. Pensó que era imposible que

las palabras mágicas de un mago de verdad fueran "ombligo moreno". Decidió entonces reclamarle a su amigo.

—Merlín-lín, yo creo que el caracol que me diste está descompuesto. No he escuchado nada de nada.

—Te advertí que no debías desesperarte. Quizás tardes mucho tiempo más para escuchar las palabras...

—No, te digo que está descompuesto porque lo único que he escuchado es una verdadera tontería.

—¿Una tontería? —preguntó extrañado el mago.

—Sí. No me vas a creer lo que dijo.

—Los caracoles no dicen tonterías.

—¿Ah, no? Pues me dijo "ombligo moreno". ¿No te parece la peor de las idioteces?

Esa misma noche, Merlín-lín se reunió con el aprendiz de mago.

—A partir de ahora —le dijo— ya no podrás dar marcha atrás: tu formación como mago comenzó desde el momento en que escuchaste tus palabras mágicas.

—Pero, ¿cómo es posible que algo tan horrible como "ombligo moreno" sean unas palabras mágicas?

—Para que estés tranquilo te voy a decir cuáles son las

mías: "cachetes de sapo". Aunque no lo creas, con esas palabras he hecho todas las magias que te puedas imaginar.

—¿"Cachetes de sapo"? —pegó Aníbal una carcajada.

—En efecto, "cachetes de sapo". Y ahora, para que seas mago te faltan otras cosas. Antes que nada, una varita mágica.

—Ya tengo una. ¿Qué no recuerdas que tú me la regalaste en mi cumpleaños?

—Claro que lo recuerdo. Pero la que te regalé es simplemente una varita. Para que además sea mágica necesita varias cosas más. En primer lugar, debe tener un nombre, un nombre que sólo tú sepas y que nunca de los nuncas de los nuncas lo conocerá otra persona. En cuanto tengas el nombre deberás enseñarle a obedecerte sólo a ti.

—¿Y cómo se le puede enseñar algo a una varita?

—A eso voy. Primero tendrás que llevarla una noche de luna llena a un lugar donde nadie pueda verte. Allí deberás repetirle siete veces tus palabras mágicas. Sólo siete veces, ni una más, ni una menos. Luego tienes que bañarla durante cinco minutos en agua de rosas.

—¿Y dónde se compra?

—No se compra en ningún lado. Tú debes prepararla. Juntas diez pétalos de rosa roja, cinco de rosa amarilla y uno solo de rosa blanca. Cuando los hayas reunido, echas todos los pétalos en la licuadora con una taza de agua, una pizca de sal y dos cucharadas de baba de perro.

❖ ❖ ❖ ❖

Mientras Aníbal recorría todos los parques en busca de los pétalos necesarios para preparar el agua de rosas, Melquiades había aprendido ya a obligar al cachorro de tigre a subirse a un banquito, a caminar sobre las patas traseras, a brincar la cuerda y a rugir como el más feroz de los animales.

Por su parte, Doménico hacía reír a los niños que se reunían con él todas las tardes. La payasada que más gustó fue una en la que Doménico decía que era un

gran alpinista pero se tropezaba, una y otra vez, con una pequeña piedra que había dejado en el piso.

Y López se había dedicado a preparar todas las fórmulas de su libro de brujería. Él mismo probó una que, según decía el

libro, servía para volar, pero sólo logró enfermarse del
estómago y hacerse un chichón en la cabeza.

Aníbal tardó todo un día en decidirse por un nombre
secreto para su varita mágica. A la noche siguiente, noche de
luna llena, sin que sus papás se dieran cuenta, se fue a un monte
que estaba cerca de su casa. Cuando estuvo seguro de que nadie
lo veía, repitió siete veces sus palabras mágicas. Y bañó
su varita en el agua de rosas.

Al día siguiente, Merlín-lín le llevó de regalo una capa y
un sombrero negros y le preguntó qué magia quería hacer para
ganar el concurso de la escuela. Aníbal se le acercó y le confió
sus deseos al oído.

—Eso es muy sencillo —le aseguró el mago. ❖

La competencia

❖ LLEGÓ al fin el día del torneo.

El ambiente estaba tan animado que parecía que ya todos habían ganado y estaban disfrutando de su triunfo. El señor Barri puso música de circo y les recordó a todos el premio: el ganador sería el capitán de la selección de futbol de la escuela durante todo el año.

El primero en pasar al frente fue Doménico. Estaba seguro de que haría reír a toda la escuela, tal y como lo había hecho con los niños de su barrio. Pero no fue así: por más que se tropezaba con piedritas muy pequeñas, que bailaba parado de manos y que decía chiste tras chiste, nadie se rió. Al terminar, cuando el payaso hizo una caravana, todos le chiflaron y alguien le lanzó un jitomate, que fue a estrellarse justo en su nariz: fue lo único que arrancó risas a los espectadores.

Hubo luego más actos de circo hechos por otros alumnos de la escuela. Alguien sacó una paloma de un sombrero, alguien más utilizó los columpios de la escuela para hacer suertes de trapecismo, otro se tragó una espada y un niño malabarista lanzó al aire tres huevos, uno de los cuales terminó en la cabeza

de la maestra "Palillo". Después de limpiarse el huevo, lanzó su pelota de goma directo a la boca del niño malabarista.

Cuando llegó su turno a López, le pidió al señor Barri que se tomara un vaso con agua y con tres gotitas de un líquido verde que llevaba en un frasco. El director, no muy convencido, tuvo que acceder ante los gritos de aliento que emitían todos los espectadores.

—¿Y de qué son esas gotitas? —preguntó.

—Es una fórmula mágica —contestó el brujo.

—Pero, ¿de qué está hecha esa fórmula? Huele muy feo...

—Un brujo no puede decir sus secretos.

Finalmente, el señor Barri se tapó las narices con los dedos y se bebió el contenido del vaso.

Primero se puso rojo rojo, como si se hubiera tomado un vaso lleno de salsa de chile. Cuando el maestro de deportes trataba de ayudarlo para que no se ahogara, al director se le pararon los pelos de punta: parecía que tenía sobre la cabeza un puerco espín. Luego le empezaron a crecer las uñas de las manos y del centro de la frente le salió un cuerno de rinoceronte. Mientras el señor Barri gritaba y se retorcía de los dolores, todos los alumnos se divertían en grande. Parecía un monstruo de película de terror que estaba haciendo un berrinche.

Pasados cinco minutos, el director volvió a tomar la forma que siempre tuvo. Y también el mal carácter: le dio a López un reglazo en cada mano.

❖ ❖ ❖ ❖

El acto de Melquiades fue realmente impresionante. Iba vestido como un auténtico domador.

Su capa y su sombrero negros brillaban ante los ojos

azorados y expectativos del público, así como la jaula donde el cachorro de tigre no dejaba de rugir ferozmente.

Su mamá y su papá habían ido a presenciar la indudable victoria de su hijo.

El domador entró a la jaula e hizo sonar el látigo. El cachorro, que parecía tan feroz como un tigre adulto, obedeció a todo cuanto le dijo su amo: se subió al banquito, brincó la cuerda, se paró de manos y abrió el hocico para que Melquiades metiera en él, sin ningún miedo, toda una mano. Al final le dio un gran trozo de carne, que el animal devoró como si hubiera sido un cacahuate.

Impresionados por la valentía del domador, todos los alumnos y los maestros aplaudieron. Especialmente sus papás, que estaban seguros de que su hijo sería el vencedor de la competencia.

Aníbal fue el último en pasar al frente. Él también estaba seguro de que su magia tendría que triunfar sobre los trucos y los malos actos circenses de sus adversarios.

Eligió a Melquiades para que lo ayudara en su magia. Le pidió que se sentara en una silla, lo cubrió con una sábana y se dirigió a todo el público:

—Ahora van a presenciar algo espectacular. Con mi magia voy a hacer que Melquiades me obedezca como si fuera un perrito faldero.

—¡Ja, ja! —soltaron todos la carcajada.

—¡Eso es imposible! —dijo la maestra "Palillo".

—¡Mi hijo un perrito que obedezca a ese flacucho! —se rieron los papás de Melquiades—. Ni el mejor mago del mundo podría lograrlo.

Aníbal levantó su varita mágica en alto, la llamó en voz baja por su nombre y dijo sus palabras mágicas:

—¡Ombligo moreno! ¡Ombligo moreno! ¡Quiero que Melquiades obedezca como un perrito bueno!

Aunque nadie creía que Aníbal lograría hacer una magia tan increíble, todos guardaron silencio. Pasados unos segundos, el mago le quitó la sábana a Melquiades.

Unos cuantos aplaudieron. Pero la mayoría no creía aún que Melquiades pudiera obedecer a Aníbal.

Para comprobar el efecto de su magia, el mago le dijo a Melquiades:

—Quiero que te pares de manitas y saques la lengua.

Al instante, el niño más temido de toda la escuela se paró de manitas, sacó la lengua y jadeó como un perrito faldero.

¡Eso era en verdad increíble! Nadie podía dar crédito a lo que sus ojos estaban viendo. Por eso Doménico tomó valor, se acercó al frente y le dio un pisotón.

—¿Por qué me pisas? —se quejó Melquiades—. Yo no te he hecho nada...

También el director quiso comprobar por sí mismo lo que estaba sucediendo.

—Quiero que barras toda la escuela —le ordenó y le puso una escoba entre las manos.

—Claro, señor Barri, lo que usted diga.

Justo cuando Melquiades empezaba a barrer y el director, los maestros y los alumnos de la escuela aplaudían a Aníbal, los papás de Melquiades saltaron al frente. Estaba tan furioso el

"Triturador" que le arrebató al mago su varita mágica y la partió en dos.

—¿Qué le has hecho a mi pobre hijo? —gritó la señora—. ¡Exijo que en este momento me lo devuelvas tal y como era!

Aníbal había pensado que si eso llegaba a suceder transformaría a los papás de Melquiades en hormigas o en cucarachas. Pero con la varita mágica rota no podría hacerlo. Y además, la mamá de su víctima lo tenía prendido de una oreja..., y con esa horrible historia de que a ella no le costaba mucho trabajo arrancarlas, Aníbal temblaba de miedo.

—Eso mismo pensaba hacer, señor —dijo Aníbal—, pero no puedo hacerlo sin mi varita mágica.

—Toma la de otro niño y devuélvemelo tal y como era antes.

—Pero...

—¡Haz caso! —intervino el señor Barri, que también tenía miedo de que se enfureciera más el campeón de lucha de los pesos completos.

En ese momento, sin que nadie supiera cómo, apareció Merlín-lín.

De inmediato, la mamá de Melquiades soltó la oreja de Aníbal. El "Triturador" se le quedó mirando sin saber quién era y los alumnos comentaron entre sí: "Es Merlín-lín, el mago en persona".

—Aníbal no podrá ahora deshacer su magia sino hasta la próxima luna llena —explicó a todos.

—Es imposible que pueda hacerlo sin su propia varita mágica.

—Pero... —trató de decir algo el "Triturador".

—Le repito: es imposible. Ni yo mismo podría lograrlo.

Durante todo el mes que siguió a la transformación de Melquiades en un niño bueno y obediente, los alumnos de "Dos más dos menos dos igual a dos" se la pasaron sin miedo y divertidos a costa de él. Todos le pedían algo:

—Melquiades, dame tu torta.

—Melquiades, haz mi tarea de dibujo.

—Melquiades, limpia los vidrios del salón.

—Melquiades, sácale punta a mi lápiz.

El señor Barri y los demás maestros de la escuela también estaban contentos. Ya no aparecían recaditos que dijeran "Barri Barrigón" ni azotadores en las bolsas del maestro de deportes.

Sin embargo, todos estaban preocupados de que llegara el día en que Aníbal tuviera que desencantar a Melquiades y éste volviera a ser el mismo de siempre. Y lo que era peor, seguramente se vengaría de Aníbal por el ridículo que le había hecho pasar todo ese tiempo.

Llegó por fin la noche de luna llena. Aníbal volvió a ponerle un nombre a su varita, a decirle siete veces sus palabras mágicas y a bañarla con agua de rosas y baba de perro.

Y llegó también el día en que Aníbal tenía que cumplir con su promesa de transformar nuevamente a Melquiades en el mismo de antes, o sea: en el niño más temido de la escuela.

Sin embargo, ni los alumnos ni los maestros querían volver a ver al Melquiades que se portaba mal con todos. Tampoco

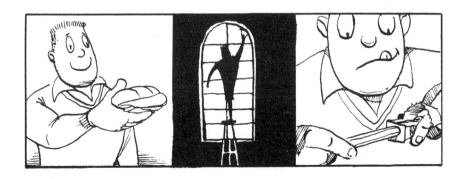

Aníbal estaba muy convencido de querer hacerlo.

En el centro del patio, el mago se dispuso a iniciar su acto ante la mirada expectante de todos. Levantó su varita y, con la vista fija en los papás de Melquiades, les dijo:

—¡Ombligo moreno! ¡Ombligo moreno! ¡Quiero que ustedes me pidan que su hijo siga siendo un niño bueno!

Al instante, el "Triturador" y su esposa se acercaron al mago y le suplicaron:

—Por favor, Aníbal, no transformes a nuestro hijo en el niño que era antes. Nos gusta mucho que sea así.

Desde entonces, Melquiades fue un niño común y corriente. Su papá se ofreció para dar clases de lucha a todos los alumnos y su mamá fue la encargada de organizar ese año la fiesta de fin de cursos.

Por su parte, Aníbal fue respetado y querido por todos.

Y desde ese día, junto con Merlín-lín, viaja cada año al Polo Sur para aprender nuevos actos de magia. ❖

FIN

Índice

Aníbal y Melquiades, de Francisco Hinojosa,
núm. 16 de la colección A la Orilla del Viento,
se terminó de imprimir y encuadernar en abril de 2012
en Impresora y Encuadernadora Progreso, S. A. de C. V. (IEPSA),
calzada San Lorenzo 244, 09830, México, D. F.

El tiraje fue de 8 100 ejemplares.